나는 나다

초록우산 어린이재단   (주)푸른책들은 도서 판매 수익금의 일부를 초록우산 어린이재단에 기부하여 어린이들을 위한 사랑 나눔에 동참합니다.

푸른도서관 65

나는 나다

초판 1쇄 / 2014년 4월 5일
초판 3쇄 / 2024년 6월 10일

지은이/ 안오일
펴낸이/ 신형건
펴낸곳/ (주)푸른책들
등록/ 제321-2008-00155호
주소/ 서울특별시 서초구 양재천로7길 16 푸르니빌딩 (우)06754
전화/ 02-581-0334~5 팩스/ 02-582-0648
이메일/ prooni@prooni.com 홈페이지/ www.prooni.com
인스타그램/ @proonibook 블로그/ blog.naver.com/proonibook

글 © 안오일, 2014

ISBN 978-89-5798-378-2 03810

이 도서의 국립중앙도서관 출판시도서목록(CIP)은 서지정보유통지원시스템 홈페이지(http://seoji.nl.go.kr)와
국가자료공동목록시스템(http://www.nl.go.kr/kolisnet)에서 이용하실 수 있습니다.
(CIP제어번호 : CIP2014004665)

표지 글씨 | 안오일

나는 나다

안오일 청소년시집

푸른책들

차 례

1부 내 마음속에 사는 피카소

자기소개서 • 11

명찰 • 12

내 그림 • 14

딱따구리의 주둥이 • 16

나는 나다 • 18

겨울나무 중이다 • 19

악보를 그리며 • 20

고장 난 시계 • 22

고단수 엄마 • 24

홍합 껍질 • 25

내 마음속에 사는 피카소 • 26

숙제가 된 말 • 28

공놀이 • 29

시 • 30

2부 내가 쏜 화살

상어 · 35

마음 주는 법 · 36

햇살나무 · 38

아버지와 나 · 40

내가 쏜 화살 · 42

집 · 44

어머니의 손 · 47

할머니 · 48

꺼내지 못한 말 · 49

스킨십 · 50

정성이 반 · 52

엄마의 의자 · 54

왜 모르는 걸까 · 56

엄마의 빈자리 · 58

3부 **좀 어때**

아픈 손가락 · 61

고민 노트 · 62

모르는 게 약 · 65

굴러라 굴러라 · 66

글라스캣피시의 고민 · 68

그리운 털 · 70

등교 시간 · 72

졸업식 날 · 74

좀 어때 · 76

첫 경험 · 78

청소년 캠프 · 80

탁구공 · 82

흔적 · 83

비상등 · 84

사라진 민정우 · 86

4부 나는 살았어

장미허브 · 91

도마뱀 1 · 92

도마뱀 2 · 93

가난하지 않은 아이들 · 94

그 애 · 96

봉사 활동 · 98

끈 · 100

잠수함 토끼 · 101

불안하다 · 102

진욱이 · 104

나는 살았어 · 106

할머니의 시계 · 108

버스 안에서 · 1110

압력 밥솥 · 112

시인의 말 · 114

1부

내 마음속에 사는 피카소

자기소개서

나를 소개하란다
한동안 나를 들여다보는데
참 낯설다
지금까지 무엇을 하며 살았는지
어떤 꿈들을 키워 왔는지
알 수 없는, 데자뷔 현상처럼
언젠가 설핏 봤던
나였는지 모를 나만 있다
내가 잡아 주었던 친구들의 손은
아직도 내 손의 온기로 남아 있는데
난 한 번도 내 손을 잡은 기억이 없다
나를 바라볼 시간 없이
나를 데리고 다녔던 나는
세상을 얼마큼 살았을까
텅 빈 자기소개서가 나를 바라본다
그리고 웃으며 말한다
우리
악수해 볼까?

명찰

명찰을 잃어버렸다
벌점 10점이다
아무리 찾아도 안 보이는
내 이름
에잇, 짜증이다
벌점 30점이면 엄마를 학교로 부른다는데

부글부글 속 끓이고 있는 내게
동건이가 다가와 말한다
야, 김민혁!
너는 너를 어디다 흘리고 다니냐?
내 명찰이다

안도의 한숨을 쉬며 명찰을 받아 다는데
너를 어디다 흘리고 다니냐는 동건이 말이
묘하게 가슴에 얹힌다

하고 싶은 말, 하고 싶은 일
당당하게 못 하고 그냥 휩쓸려 갈 때가 많았다
그렇게 나를 흘리고 다닐 때가 많았다

종종 나를 잃어버리는 내게
나는 벌점 얼마를 주어야 할까

내 그림

엄마가 1000조각 퍼즐을 내민다
세계 지도다

하나하나 맞춰 가니
점점 모양이 드러난다
태평양, 대서양, 아시아, 아메리카……
지도책에 있던 모양대로
오대양 육대주
달달달 외웠던 위치대로

이때 끼어드는 엄마의 말
인생도 이 퍼즐 조각 같은 거야
이렇게 하나하나 맞춰 가는 거지
그러니 한순간도 헛되이 보내지 마

순간 어디선가 스틱이 달려들어
내 마음을 두들겨 팬다

쿵쾅쾅쾅 퍽!
이미 만들어진 조각으로 맞춰 가는 거
누군가 그려 놓은 그림을 완성하는 거
이게 내 인생이라니!
맞춰 가던 퍼즐 조각을 모두 흩뜨려 버렸다

내 퍼즐 조각은
내 그림으로 완성할 거다
아메리카를 아시아 밑에 갖다 붙이더라도

딱따구리의 주둥이

나무에
큰 구멍이 있다
그 안을 들여다보니
맞은편에 있는
아주 작은 구멍 하나

딱따구리가
쪼은 것이라 한다

주둥이를 집어넣어
뒤쪽 끝까지 구멍 내기 위해
앞쪽에 만들어야 했던
이 큰 구멍

딱따락딱따 딱딱따다닥
즐겁게 리듬을 타며
쪼아 댔을 딱따구리

1센티미터의 성공을 위해서
5센티미터의 노력이 필요했던 것

나는 나다

내가 뛰면
따라 뛰고
내가 춤을 추면
따라 춤을 추고
내가 웅크리면
따라 웅크리는
나를 꼭 닮은
내 그림자

계단 앞에 서면
엉뚱한 모습으로 변하는데

상황이 나를 왜곡시켜도
나는 나다

겨울나무 중이다

마지막 학기가 끝나 간다
이제 졸업이다
지겨운 자율 학습도
부담되는 시험도
주말 과외도
다 사라지는 거다

하지만 지금 나는,

달고 있던 것들을 모조리 털어 낸
훌훌 홀가분한 나무지만
새로운 움을 틔우기 위해
어제의 꽃이 아닌 내일의 꽃을 위해
발돋움해야 하는

악보를 그리며

2분 음표
4분 음표
8분 음표
16분 음표
음표들이 스텝을 밟는다

폴카로 출까요
슬로 고고로 출까요
원하는 리듬을 말해 보아요

때론 강하게 때론 약하게
때론 빠르게 때론 느리게

간혹 밀고 당기면서
자기만의 리듬을 만들어 보아요

신 나게
취해 가며
타다닥 탁 탁
뚜뚜루두 뚜루뚜뚜

흥겨운 나만의 춤을!

고장 난 시계

끝종이 났는데
아직도 시간이 남아 있는
교실 벽시계

시간을 놓쳐 버린 걸까
시간을 놓아 버린 걸까

하루하루
톱니바퀴를 굴리고 있는
내 몸속 건전지의 수명은
얼마나 남았을까

째깍 째째깍
엇박자가 나기 시작하면
엄마는 충전을 시킬 것이다
잘나가는 엄친아를 내세우며

정말 모르는 걸까

내 시계 속의 모든 시간은

내 마음이 배터리란 걸

고단수 엄마

친구들과 담배 피우고
들어온 내게

어른들 담배 피우는
PC방은 가지 마라

내가 피운 걸 모르는 척
은근슬쩍 넘어가 주는 엄마

나도 그래 볼까
원래부터 안 피웠던 것처럼
스리슬쩍 끊어 볼까

홍합 껍질

홍합국을 먹다가
홍합 껍질을 본다
날개 모양으로
쩍 벌어진 껍질 안쪽에
무지갯빛 물결무늬가 있다

처음부터 생긴 것도 아니고
일부러 만들어 놓은 것도 아니다
바다에서 자라면서
스스로 만들어 낸 무늬다

물결 따라 살면서
물결무늬가 된 것

나도
내가 살아온 모양대로
만들어지겠지
무지갯빛 나만의 무늬가

내 마음속에 사는 피카소

수행 평가 하러
미술관에 가서 본 초록 모자를 쓴 소녀,
피카소 작품이다

눈동자는 앞을 보는데
입은 옆모습이고
또 하나의 눈은 머리에 달렸고
귀는 코 옆에 있다

평론가들의 해석 말고 느그들 감상을 써 내라
까칠한 미술 선생님의 주문에
작품 속으로 몰입해 보는데
니 속은 어떻게 생겨 먹었냐는
엄마 말씀이 불쑥 떠오른다

엄마 말씀이 맞을수록
왠지 듣기 싫어지는 내 귀

보면 안 되는 것일수록
요리조리 슬쩍슬쩍 잘도 보는 내 눈
미영이가 좋으면서도
자꾸만 툭툭거리는 내 입

그래, 진짜 내 모습은 저렇게 생겼는지 몰라
보는 것도 듣는 것도 말하는 것도
늘 비껴가는 내 마음을 닮은

숙제가 된 말

뒷골목에서 담배 피우는 거 말고
학원 빼먹고 PC방 가는 거 말고
후배들 돈 뺏는 거 말고
욕해 대며 주먹 쓰는 거 말고
아무 때나 반항하는 거 말고
꺼리지 않고 훔치는 거 말고

차라리 사고를 크게 쳐라

정학 당하고 집에 있는 나에게
아버지는 이 말씀만 하시고 나가셨다

순간, 무슨 말인지 몰랐지만
마음을 한 대 맞은 것 같았다
알 듯 모를 듯 퀭한,

아직도 숙제다 그 의미는

공놀이

세게 치면
세게 튀어 오르고

약하게 치면
약하게 튀어 오르고

땅에 떨어져도
절대로 그냥 마는 법이 없다

퉁퉁
팅팅
퉁투둥퉁 팅팅팅

지치는 법 없이
바닥을 차고 오르는
동그란 공

나는 지금 공놀이 중이다

시

순영이의 마음을 설레게 하는
나는

야자 빼먹고 영화 보러 가는
나는

시조 종장 첫 음보
3음절을 파괴하고 싶은
나는

형식도 운율도 비유도 없이
자유로운 꿈을 꾸는
나는

제 꼬리 자른 도마뱀처럼
내 일부분 잃더라도
나를 지키고픈

나는

한 편의 시다

2부

내가 쏜 화살

상어

학교 가고
집안일 하고
아버지 병원 모시고 가고
동생 챙기고
틈틈이 공부하고

잠시라도 지느러미를 멈추면
가라앉고 말 나는

전생에
부레 없는 상어였을까?

마음 주는 법

병원 치료차
오랜만에 자취방 찾은 어머니께
맛있는 밥을 지어 드리려고 집중을 했다
쌀도 적당히 불리고
불도 수시로 점검하며
뜸까지 완벽하게 들이고 나자
살짝 머금어지는 미소,
질지도 꼬들꼬들하지도 않은 차진 밥이 완성됐다
첫 수저 드시던 어머니,
─밥이 잘 안 넘어간다야 속이 안 좋아서 그런갑다
고두밥을 좋아하는 나로서는
약간 질게 느껴지는 이 밥이
속병 난 어머니껜
매우 꼬들꼬들해 입 안을 까끌까끌하게 했던 것
서로 다름을 염두에 두지 않은
스스로만 풍성했던 마음이 한없이 쪼그라든다
마음을 준다는 것은

내 마음을 주는 게 아니라
상대방의 마음을 알아준다는 것,
친구들에게 마음을 줬는데도
늘 서툴렀던 이유를 알겠다
당신 속이 안 좋아서라는 어머니 말에
나에게 떠먹이던 오래된 마음의 밥 내음이 풍긴다

햇살나무

실직 당한 아버지
날마다 엄마와 싸운다
오늘은 욕설까지 퍼부었다

점심을 거르고
운동장 벤치에 앉았다

빈 배 속으로
길게 뻗은 햇살이
나를 토닥이듯
파고든다

허기진 배 속으로
잠시 따뜻함이 스며들자
순간
눈물이 핑 돈다

화를 내고 뒤돌아서다
나와 마주친
아버지의 일렁이던 눈빛

텅 비어 있을
아버지의 마음에
햇살 한 줌 심어 주고 싶다

아버지와 나

늘 지각하고
학원 빼먹는 나는
아버지의 잔소리를 달고 살았다

욕설 섞인 충고도
등짝을 후려치는 따가운 매도
내 바람 구멍을 막지 못하고

그러던 어느 날
심장병으로 쓰러진 아버지
몸져누워 말이 없다
찌렁찌렁한 눈빛도 사라졌다

밤늦게 들어와
조금 열린 방문을 통해 본
기운 없는 아버지의 등은
내 마음을 싸늘하게 훑었다

점점 작아지는 아버지의 체구에
많이 속상하던 날
담배를 피우고 들어오는데
냄새 맡은 아버지
가방에서 담뱃갑을 꺼내 들고는
내 뺨을 치며 울었다

나는 오랜만에 맛보는
아버지의 손맛이 좋아 울었다

내가 쏜 화살

자퇴하겠어요

아무 말 없이
나를 바라보던 아버지

학교 가서 사유서 쓰고
도장 찍은 뒤

그래,
살고 싶은 대로 살아 봐라

한마디 하시고는
앞서 가신다

오랫동안 지켜보던
내 방황을
이해하신 걸까

포기하신 걸까

처음으로 자세히 보는
아버지의 뒷모습
한없이 작아 보인다

뒤돌아보지 않는 아버지를
한참 바라보다
내가 쏜 화살을 향해
걷기 시작했다

스스로 짊어진
내 짐의 무게가 묵직하다

집

시끄럽게 떠드는 동생과
진탕 싸우고 나서
밖으로 나왔다

네 식구가
한방에서 사는 나는
진짜 내 얼굴을 가진 적이 없다

사색을 하고 싶어도
조용히 일기를 쓰고 싶어도
할 수가 없다

텔레비전 보는 걸 미안해하는
가족들에게
공부하는 것도 눈치가 보인다

그래서 어쩔 건데

비웃기라도 하듯
후두둑
빗방울이 떨어진다

비가 오면
엄마는 늘 김치전을 부치는데……
갑자기 시장기가 돌고
나도 모르게
발길이 집으로 향한다

가는 길이 가파르면
정상은 그만큼 높다잖아
에잇!

씩씩거리다
스스로 위안을 하다
혼자 구시렁거리는데

고소한 김치전 냄새는
이미 코끝에서 맴돌고

어머니의 손

당분간 못 내려온다며
버스에 오르는데
배웅 나온 어머니가
자꾸만 내 등을 쓸어내린다

혼자 지내면서
춥지 말라고
불 지피신다

한동안 마음 따뜻하라고

할머니

아파트 쉼터 벤치에
늘 앉아 계시던 할머니

학교 가는 나에게
밤 두 알 쥐어 주며
환하게 웃으시던 할머니

오늘은 안 보인다

수업 시간 내내
빈자리가 자꾸 떠오른다
기침하던 모습도 생각난다

작년에 우리 할머니
독감 걸린 뒤
돌아가셨는데⋯⋯

꺼내지 못한 말

아버지가 돌아가셨다

평소에 혈압이 있던 아버지
내가 아프단 소리에
쓰러져 반신불수 되셨는데
난 그런 아버지와 마주치면
얼른 외면했다
나 때문이라는 사실이
부담스러웠기 때문이다
돌아가실 때까지
죄송하단 말 하지 못하고
그래서 눈물도 흘리지 못하고

평생 흘리지 못할 눈물로
마음속 웅덩이 만들어졌다
죄송하단 말만
빙빙 도는

스킨십

엄마가 뒤돌아서서
눈물을 훔친다

내 몸에
엄마 손이 닿으면
벌레 떼어 내듯
뿌리치기 때문이다

엄마는 모르나?

연극을 좋아한다고
연극배우가 되고 싶다고
끊임없이
내 마음이 엄마 마음에
스킨십 할 때
매몰차게 뿌리쳤던 걸

그때마다

내가 얼마나 울었는지

정성이 반

시골 할머니 집에 갔다

해가 짱짱하게 내려다보는
마늘밭에서
잠깐 마늘을 심었더니
온몸이 욱신욱신 난리다

주어진 분량
흙 속에 대충 박고 나서
벌러덩, 대자로 누웠는데

땅심이 그렇게 쉽게 열리는 줄 아냐
농사는 정성이 반이다

허투루 박은 내 마늘을
다시 제대로 박으며 던지는
할머니의 한 말씀이

뜨거운 햇살보다
더 따갑게 꽂혀 든다

엄마의 의자

자율 학습 끝나고
엄마가 일하는 마트로 갔다

막 손을 흔들려는데
자리에서 벌떡 일어나는
엄마

점장님과
눈이 마주치자 고개 숙이는
엄마

손님이 없어도
앉아 있지 말라고 했다던
말이 떠오른다

밤마다 다리 아파 뒤척이던
엄마의 고단함이

전기가 통하듯 찌리릿
내 몸을 관통하는데

다가서는 손님을
맞이하던 엄마가
나를 보더니 환하게 웃는다

세상에서
가장 편한 의자에
앉은 것처럼

왜 모르는 걸까

함수, 확률, 방정식, 집합……
못하는 게 없는
수학은 늘 일등인
우리 형

왜 모르는 걸까
형이 대들 때마다
엄마가 병이 날 확률이
높아진다는 걸

왜 모르는 걸까
자기 방에만 박혀 있는 형도
엄마, 아빠, 나와
한 집합이란 걸

왜 모르는 걸까
형이 조금만 다가와 주면

우리 가족의 행복이
더해진다는 걸

이것은 알까
형이 아무리 못되게 굴어도
엄마도
아빠도
나도
형을 사랑하는 마음은
늘 똑같다는 걸

엄마의 빈자리

퇴근 후
말없이 밥을 먹고
말없이 텔레비전을 보다
말없이 방으로 들어가는
아버지

그런 아버지를
말없이 바라보다
말없이 식탁을 치우고
말없이 빨래를 개키다
말없이 방으로 들어가는
누나

나는
말없이 소파에 앉아
텔레비전 소리를 크게 틀었다

3부
좀 어때

아픈 손가락

지각 잘하고
욕 잘하고
툭하면 싸우는
가영이를 볼 때마다
우리 선생님 하는 말

선생님은 너를 사랑한다

공부 잘하고
말썽 피우지 않는
모범생인 나는
한 번도 들어 보지 못한 말

조금 질투가 나지만
칼에 벤 손가락만 들여다보는
내 마음과 같을 거야

고민 노트

늘 말썽인 나에게
빈 노트를 내미는 선생님

독후 감상을 쓰든
낙서를 하든
아무 말이라도 날마다 써서
검사를 맡으란다

정말 아무 말이나
써도 되냐고 묻고 난 뒤
보란 듯이 욕으로만 가득 채워 냈다

한참을 보던 선생님
무언가를 써서 내민다

내가 제대로 살고 있는지
회의가 든다

청소년 때 겪지 않았던
사춘기를 지금 겪나 보다

아무 말 없이
고민을 적은 선생님 글 밑에
차마 욕을 쓸 수 없어
랩 가사를 적어 다음 날 냈다

또
그냥 바라만 보던 선생님
무언가를 써서 다시 내민다

어제 선을 봤다
내가 맘에 안 든 모양이다
내 작은 키 때문일 것이다

선생님 고민을 한참 바라보다

나는 최대한 작은 글씨로
몇 줄 썼다

나도 꿈을 꿀 수 있을까
엄마는 언제 오실까
사는 게 영 재미없다

모르는 게 약

급식 시간에
소정이 반찬 위로
하루살이 한 마리 앉았다
소정이는 모르는 듯
반찬을 집었고
내가 말할 틈도 없이
입 속으로 흡입했다
정말 맛있다는 듯
앞에 앉은 나를 보며
웃기까지 하는 소정이
모르는 게 약일 때도 있어,
살신성인까지 하며
나를 가르치는 소정이를 보면서
내 입 속으로 들어갈 뻔한
많은 하루살이들을 생각했다
친구들과 지내면서
모르고 그냥 넘어가면
좋았을 일들을

굴러라 굴러라

학교 행사가 끝나고
청소하면서 모은 재활용품
박스에 담아 옮기는데
첫 계단 내려가다
그만 손이 미끄러졌다

종이 빈병 캔 플라스틱 과자 봉지……
한 무더기가 쏟아지는데
아찔, 현기증이 났으나
손쓸 틈은 이미 사라지고

깡깡깡깡 까강깡 통
통통통통 토동통
데구르르 퍽 따구르르르
퍽 또구르르 와장창 창창
뭐가 신이 나는지
재활용품들 신 나게 굴러간다

멍하니 바라보던 나는
피식, 어이없는 웃음이 나오고
시끄러운 소리에 다가온 친구 몇
어, 어, 어
탄식만 연발하고 수습하지 못하는데

손아귀에서 빠져나가 잡힐세라 도망치는
저것들을 쳐다보던 우리는
서로 말하지 않아도 알 것 같은
웃음보를 터뜨렸다
우헤헤헤헤헤
굴러라 굴러
멀리멀리 굴러라
우헤헤헤 우헤헤헤

글라스캣피시의 고민

등뼈, 가시, 골격이
그대로 보이는 투명 물고기
유리메기

너희들은 말하지
속이 다 보이는 넌
속이지 않아서 좋겠다
누군가 너를 좋아해도
있는 그대로의 너를 좋아하는 거고
누군가 너를 바라봐도
있는 그대로 오해 없이 봐 주는 거고

그런데 그거 알아?

너희들이 나를 보는 것처럼
나는 너희들을 볼 수 없다는 거

그래서 난 늘
의심과 오해를 하며 산다는 거

그리운 털

고1인데
키가 176센티미터나 되는데
왜 수염이 안 날까

거뭇거뭇
삐죽삐죽
다른 애들은 다 나는데

난
맨들맨들
부들부들
자존심 팍팍 상한다

아직 어린애라며
친구들은 내 턱 만지며 놀리고

윙윙 위이잉

아빠 전기면도기로 밀어 보지만

털은 없고

애꿎은 턱만 벌게졌다

등교 시간

버스 문이 열리자
물살을 타고 쏟아지는
물고기 떼

오로지 그 물길을 붙잡고
헤엄쳐 가는 놈
파닥파닥 완강하게
거부하는 놈
잠시 두리번거리며
상황 파악하는 놈

촤아아악
거친 물살 한 번 휘몰아치자
휩쓸리는 여러 모양의 물고기들
서로 부딪치고 엉키고

눈을 딱 감고

이제 죽었구나, 생각한 놈은
빠져 죽겠고
살려고 지느러미를
열심히 움직이는 놈은
새로운 물살을 만들어 내겠지

텅 빈 버스가
시끄러운 소리를 내며
떠나간다

졸업식 날

선생님이
한 명 한 명 호명하며
졸업장을 나눠 줬다

아쉬울 것도
슬플 것도 없는
무덤덤한 친구들의 표정

상장과 앨범까지
다 나눠 준 뒤
선생님은 마지막 인사라며
PPT 파일을 연다

수업 시간에 졸고 있는 은영이
체육복으로 패션을 연출하는 미진이
체험 학습 가서 도자기를 빚는 기찬이
운동회 때 막춤을 추는 귀동이

턱을 괴고 창밖을 바라보는 선희
......

일 년 동안 선생님이 찍은 사진들이다

우리들은
저마다의 추억 속으로
뭉클 빠져들었고
뒷짐 진 선생님의 시선은
창밖 하늘로 향했다

좀 어때

입학한 다음 날
학교에서 길을 잃어
교실을 찾지 못한
너

교복 블라우스
리본 끈 대신
운동화 끈으로
잘못 매고 온
너

헛생각하며 걷다가
자주 넘어져
다리 성한 데가 없는
너

아이들은

선생님은
한심한 눈초리로 보지만

좀 건성이면 어때
길 좀 잘못 들면 어때
조심성이 별로면 좀 어떠냐고

나는 좋다
좀 부족한 네가 좋다

첫 경험

기범이가
내 목을 감으며
장난을 치다가
귓불을 입술로 건드렸다

순간
심장이 요상하게 군다
두근두근 콩닥콩닥

깜짝 놀란 나는
오른손으로
심장을 눌렀다

성감대를 자극한
첫 경험자가 같은 남자라니!

털 삐죽삐죽 나고

목소리 걸걸한

기범이 자식이라니!

청소년 캠프

어둠을 삼킬 듯한
캠프파이어 불길이
다 사그라지자
까만 재만 남았다

아쉬운 마음으로
모두들 들어간 뒤
덩그러니 혼자 남은 나는
아직 꺼지지 않은 연기를
바라보았다

각자의 소원을 빌던
친구들의 얼굴
손에 손을 잡고
불길을 바라보던 눈빛들
불춤을 따라 추며
지르던 환호성들

저 연기는
저 까만 재는
그 순간들을 품고 있는 것이다

불길은 사라지고
우리들은 돌아가지만
기억으로 남을 저 흔적들은
나를 늘 재촉할 것이다

탁구공

내 친구 미숙이는
탁구를 싫어한다

고 쪼그마한 것에
온몸이 휘둘리는 거
자존심 상한다고

하지만
이리저리
온몸을 쓰게 하는
고 탁구공이

우리 손안에서
놀고 있다는 거
모르지?

흔적

초등학교 때부터
같이 놀고
같이 싸우던
친구가 전학 갔다

친구의 모습은 볼 수 없지만
친구의 목소리는 들을 수 없지만
친구의 손은 잡을 수 없지만

친구가 남긴 발자국은
내 마음속에
콕콕
박혀 있다

비바람이 불었다 가도
흐트러지지 않을

비상등

집에서 멀지 않은
학교 기숙사로 돌아가는데
도로가에 정차된
자동차 한 대
비상등을 켜고 있다

엔진이 고장 났나
브레이크가 고장 났나
아님 기름이 떨어졌나

꼼짝달싹 못하는 자동차가
깜박깜박깜박
구조 신호를 보내고 있다

아프다고 힘들다고
문제가 있다고
한 번도 내 비상등 켜 보지 못한 나는

도와주러 달려오는 견인차를 보며

깜박깜박깜박
다시 집으로 돌아가고 싶어요
마음속 비상등을 눌러 본다

사라진 민정우

'악성 바이러스 검사 요망'
자꾸만 신호를 보내던 너를
외면한 채 방치했다

사라진 너의 빈자리엔
무성한 추측들만 난무할 뿐
마우스도 키보드도
더 이상 감지하지 못한다

너에게로 가는 길은 어디일까
뒤엉킨 경로들은
서로의 길을 차단하며
접속 불감증을 앓고 있다

모호한 기호들만 아우성인
한 묶음의 파일 속에 갇힌
너의 꿈을

감지해 줄 백신 프로그램을 찾아야 한다

4부
나는 살았어

장미허브

큼큼
그냥 맡으면
향이 나지 않아

손으로 만져 줘야
진한 향을 내지

손길의 힘은
정말 강한가 보다

도마뱀 1

도마뱀 한 마리
잠깐의 망설임도 없이
높은 벽을 타고 오른다

상황이 조금만 불리해도
뒤돌아서는 나를
비웃기라도 하는 걸까

잠시 멈춰서는
꼬리를 흔들어 댄다

모든 게 땅인 도마뱀

도마뱀 2

도마뱀은
자신을 지키기 위해
제 꼬리를 잘라
적에게 내준다지

지금 당장
잃게 되는 것에
버려야 할
가진 것 조금에
연연해하지 않는다지

진짜 지켜 내야 할 것을 위해
결단의 칼을 잡는
도마뱀은

그래서 결국
제 꼬리를 길러 낸다지

가난하지 않은 아이들

텔레비전 다큐멘터리에서
노동에 시달리는
가나 아이들을 보았다

자본가들의 금광 욕심에
오염된 물에서
흙을 퍼 나르는 아이들
피부병에 살이 썩어 가는데도
학교에 가기 위해
그만둘 수 없단다

부모의 힘만으론
지독한 가난을 물리치지 못해
카야요*를 하는 아이들
무거운 짐으로 온몸 시달리면서도
가족과 함께 살고 싶어
그만둘 수 없단다

전자 제품 쓰레기 더미에서
나쁜 연기 마시며
고철을 줍는 아이들
가슴의 통증을 호소하면서도
하루 치의 끼니를 위해
그만둘 수 없단다

위험보다는
배고픔이 더 무섭다는 아이들
파일럿, 선생님, 미싱사……
그래도 꿈은 있다며 하늘을 쳐다본다

삶은 가난해도
꿈만은 가난하지 않은 아이들

*카야요 : 짐 나르는 일.

그 애

늘 풍족한 나를
달갑지 않게 바라보는,
배고프니까 돈을 내놓으라며
종종 윽박지르는
그 애

공부는 잘하는데
항상 무언가에
불만인 듯한 표정의
그 애

나는
몇 번 돈을 주다
이번에는 햄버거를 사 줬다

그러면
나는 돈을 뺏기는 게 아니라

빵을 사 주는 거니까

그러면
그 애는 돈을 뺏는 것이 아니라
친구가 사 주는 빵을 먹는 거니까

봉사 활동

양로원에
봉사 활동 갔다

어깨 안마해 드리고
텔레비전 드라마 채널 맞춰 드리고
할머니 옆 소파에 누워
잠이 들었다

황홀한 꿀잠에
침 흘리며 자는데
친구가 흔들어 깨운다

봉사 활동 마지막 날이라
선생님이 들른 것이다

"봉사 활동 와서 자는 놈
지금까지 니가 처음이다."

선생님 말에
멋쩍어 배시시 웃는
나를 보던 할머니

"옆에서 그리고 자 주는 것도
내한테는 봉사하는 거여."

활짝 웃으며
말씀하신다

주위에서
웃음꽃이 팡 터졌다

끈

뚝!
가방끈이 끊어졌다

교과서, 자습서, 참고서, 문제집
너무 많이 담았다

수학, 영어, 국어, 과학 공부
너무 많이 담은 나

뚝!
언제 끊어질지 모르겠다

잠수함 토끼

잠수함을 탈 땐
토끼를 데리고 탄다
수압을 가장 민감하게 느끼는
토끼를 통해
안전한 항해를 하기 위해서다

뉴스에 종종 나오는
입시 경쟁의 압박에
목숨을 끊는 학생들

힘들다고 터질 것 같다고
비명을 지르며 상황을 알리는데
잠수함의 토끼가 되어
죽음으로 알리고 있는데

조여 오는 교육의 수압을
왜 모른 체하고 있는지

불안하다

난 공부
일등이다
수학 경시대회에서도
일등이다
과학 탐구대회에서도
우승했다

그런데도
미래만 생각하면
불안하다

야자와
학원 수업
한 번도 빼먹지 않은
나는

놀지도 않고

친구도 안 만나고

공부 외엔

다른 꿈은 꾸지도 않은

나는

진욱이

심하게 장난쳐도
늘 헤헤거리고
기분 나쁜 말 들어도
화 한번 내지 않고

교실 창밖 하늘만
자꾸 쳐다보던
어떤 표정을 지어도
눈만은 슬프던

진욱이가
스스로 만든
사다리를 타고
하늘나라로 갔다

잠시 어디 간 거야
믿기지 않아

눈물도 나지 않았는데

덩그러니 하나 남은
진욱이 우유 급식에
왈칵 눈물이 쏟아졌다

나는 살았어

넌 죽었어,
나를 둘러싼
아이들의 말이다

죽은 목숨이니
시키면 시키는 대로 하란다
웃지도 울지도 말란다

너희들
저 소리 들려?
음악실에서 들려오는 소리 말야

죽은 나무에서
살아 있는 음을 내는
피아노

너희들이 아무리 나를 죽여도

내가 살아 있으면

난 산 거야

할머니의 시계

리어카에 폐지를 싣고
끌고 가는 할머니

경사진 곳에서
조금 밀어 드렸더니
주머니에서 요구르트 하나
꺼내 주신다

가만 보니
커다란 시계 알을 끈으로 매달아
손잡이에 묶어 놓았다

꼭
시간을 붙들고 있는 것처럼

멍하니 햇살을 받고 있던 할머니
재활용될 폐지를 보며 중얼거린다

"이놈들은 나보다 더 나은겨.
다시 시작할 거니께."

할머니의 주름에 햇살이 고인다

버스 안에서

버스가 만원이다
입구가 꽉 막혀
간신히 올라탔다

안으로 들어가라는
기사 아저씨의 말에도
사람들은 앞쪽에서만 북적댄다
서로 엉켜 틈을 못 찾는 것이다

내릴 때가 염려된 나는
눈총도 아랑곳 않고
죽기 살기로 들이밀었다

틈이 조금 생기자
안간힘으로 빠져나와
출구 앞에 섰는데

헉,
헐렁헐렁한 뒷자리의 여유!

꽉 막힌 길도
일단 뚫고 들어가면
트이기 마련이다

과감한 용기가 필요하다

압력 밥솥

한동안 들끓는 속이더니
빼애애액~
소리를 지른다

조금 뒤
한 번 터뜨리고 나서 진정된 듯
피슝, 고른 숨을 내뿜는다

고슬고슬 제맛 들인 밥이 됐다

한 번씩 내지르는 거
걱정 마세요
제대로 된 내 맛을 찾기 위해서니까요
선 맛은 싫거든요

깨지면서 꽃이 피는

"우리의 느낌, 생각이 그대로 담겨 있다."
"우리들이 무얼 고민하는지 잘 알아주는 것 같아 기쁘다."
"우리들의 마음이 이렇게 시로도 만들어지는구나."

내 첫 번째 청소년시집 『그래도 괜찮아』(푸른책들, 2010)를 읽고 학생들이 쓴 감상문에 들어 있는 평이다. 혹시 그들의 마음을 잘못 들여다본 건 아닌지, 그들의 이야기를 제대로 이해하지 못한 건 아닌지 불안했던 내 마음을 크게 위로해 주었다. 그래서 좀 더 용기를 내어 두 번째 청소년시집 『나는 나다』를 내게 되었다.

학생들과 만나 얘기를 하다 보면 짐작했던 고민들도 있지만 생각지도 못한 고민들도 있다. 그리고 예기치 못한 반응을 접할 때도 있다. 그때마다 생각했다. 어른들이 청소년들을 바라보면서 느끼는 건 진짜 그들의 모습 중 십 분의 일도 안 된

다는 것을.

"너무 아플 땐 꽁꽁 닫아 두지 말고 누구 한 사람에게라도 아프다고 얘기하세요. 안 그럼 너무 힘들잖아요."

언젠가 강연회에서 학생들에게 한 말이다. 그때 나는 앞자리에 앉아 있던 한 학생의 눈이 금세 충혈되는 걸 보았다. 마음 한쪽이 아려 왔다. 아픈데 아프다고 말하지 못하고 혼자 힘들어했을 그 학생의 마음이 그대로 전해졌다.

어른들은 아이들에게 들려주려고만 하지 그들의 말을 들으려고는 하지 않는다. 그래서 아이들은 아예 입을 닫아 버리는 경우가 많다. 또 꿈을 물어보면 대충 얘기하거나 생각해 본 적이 없다고 말하는 아이들도 의외로 많다. 순간 깜짝 놀라지만 이내 수긍이 간다. 꿈을 생각해 볼 시간이 없는 것이다. 꿈을 꾸지 못한다는 것은 곧 자기 자신을 바라볼 겨를이 없다는 것이기도 하다. 그래서 아이들이 자기소개서를 쓰면서 "내가 누구죠? 어떤 사람이죠?"라고 묻기도 하는 것이다.

두 번째 청소년시집에는 청소년들에게 좀 더 시간을 주고 싶은 나의 간절한 바람을 담았다. 그래서 청소년들이 자기 자신이 누구이며 무엇을 바라봐야 하고 어디로 걸어가야 하는지, 적어도 자신이 선택하고 싶은 방향이 어느 쪽인지 생각할 수 있도록 도와주고 싶었다. 또 고민을 방황으로만 끌고 가게 놔두고 싶지 않았다. 청소년들의 현실은 너무 궁핍하지만 꿈을 모른 채 살아가게 하고 싶지도 않았다. 깨지더라도 삶이라는 커다란 바윗덩이에 당당하게 부딪치는 청소년들의 모습을 보고 싶었다.

이 시집을 읽은 청소년들이 나의 바람들을 조금이라도 이루게 해 준다면 그보다 더 기쁜 일은 없겠다.

애들아, 너는 너야!

끝으로, 학교에서 있었던 사소한 일 하나하나 짜증 내지 않고 들려준 하연이와 동연이에게 고맙다는 말을 전하고 싶다. 그리고 두 번째 청소년시집 『나는 나다』를 예쁘게 편집해 준 황혜진 님께 감사함을 전한다.

2014년 새봄을 맞아
안오일

〈푸른책들〉과 〈보물창고〉의 청소년을 위한 시집, 함께 읽어 보세요!

그래도 괜찮아 안오일
나는 나다 안오일
악어에게 물린 날 이장근
나는 지금 꽃이다 이장근
하늘과 바람과 별과 시 윤동주
미용학교에 간 하느님 신시아 라일런트
다락방의 불빛 쉘 실버스타인
골목길이 끝나는 곳 쉘 실버스타인
뱅뱅 김선경

안오일

1967년 목포에서 태어났으며, 광주대학교 대학원 문예창작과를 졸업했다. 2007년 전남일보 신춘문예에 시가 당선되었으며, 2009년 동시 「사랑하니까」 외 11편으로 제8회 푸른문학상 '새로운 시인상'을, 2010년 중편동화 「그래, 나는 나다」로 한국안데르센상 우수상과 단편동화 「올챙이 아빠」로 눈높이문학상을 수상했다. 지은 책으로 시집 『화려한 반란』, 청소년시집 『그래도 괜찮아』, 『나는 나다』, 동시집 『사랑하니까』 등이 있다.

푸른도서관

푸른도서관은 '10대에서 20대까지' 눈부신 성장을 거듭하는
'푸른 세대'를 위한 본격 문학 시리즈입니다.
당대 청소년들의 현실을 생생하게 반영한 성장소설과
다양한 시대상을 반영한 역사소설,
청소년시집 그리고 흥미진진한 판타지에 이르기까지
국내 작가들이 공들여 창작한 감동적인 작품들을
푸른도서관에서 더 만나 보세요!

1. 뢰제의 나라 강숙인 지음

교통사고로 가사 상태에 빠진 열두 살 소년이 저승사자의 손에 이끌려 저승인 '뢰제의 나라'를 여행하면서 벌어지는 모험담을 담은 판타지소설.

★ 윤석중문학상 수상작   ★ 동화읽는가족 추천도서

2. 아버지가 없는 나라로 가고 싶다 이규희 지음

아픈 결핍의 가족사를 벗어던지고 마침내 더 너른 세상을 향해 나아가는 소녀를 통해 성장의 의미를 곰곰이 곱씹게 해 주는 가슴 뭉클한 성장소설.

★ 세종아동문학상 수상작가

3. 까망머리 주디 손연자 지음

좋아하는 남학생에게 외모에 대한 조롱 섞인 말을 듣고, 입양아인 자신이 미국 사회의 이방인이라는 사실을 깨닫는 사춘기 소녀 주디가 정체성을 찾아가는 이야기.

★ 책따세 추천도서   ★ 학교도서관사서협의회 추천도서   ★ 부산광역시교육청 독서인증제 권장도서

8. 화랑 바도루 강숙인 지음

부모님을 일찍 여읜 바도루가 김충현 장군 밑에서 생활하며 그의 자제인 경천과 함께 피나는 노력과 뜨거운 우정을 나누며 꿈에 그리던 화랑이 되는 이야기를 그린 본격 역사소설.

★ 동화읽는가족 추천도서

10. 마사코의 질문 손연자 지음

일본인 소녀의 입으로 일본인의 죄를 묻는 이야기. 일제 강점기에 우리 민족이 겪은 온갖 수난을 생생하고 절실하게 그려 낸 9편의 작품이 실려 있다.

★ 세종아동문학상 수상작   ★ SBS 어린이미디어대상 수상작   ★ 한우리독서토론논술 필독도서

11. 아, 호동 왕자 강숙인 지음

비극적 사랑의 대명사 호동 왕자와 낙랑 공주. 그들이 정말 사랑하는 사이였는가에 대한 의문으로 시작된 역사소설. 우리가 알고 있던 이야기를 뒤집어 전혀 새로운 시각을 제시한다.

★ 한우리독서토론논술 필독도서   ★ 서울독서교육연구회 추천도서   ★ 책읽는교육사회실천협의회 추천도서

12. 길 위의 책 강 미 지음

'책'을 통해 자연스럽게 자신의 고민과 방황을 해결하고 상처를 치유해 나가는 여고생들의 이야기를 잔잔하게 그렸다. 청소년들을 위한 성장소설들이 '책 속의 책'으로 가득 담겨 있다.

★ 제3회 푸른문학상 수상작   ★ 책따세 추천도서   ★ 문화체육관광부 우수교양도서

13. 느티는 아프다 이용포 지음

'지금 여기'의 '가장 낮은 곳'을 이야기하는 성장소설. 독자들에게 이웃을 바라보는 시선을 바꾸고 존재의 소중함을 돌아볼 수 있는 시간을 마련해 준다.

★ 한국문화예술위원회 우수문학도서   ★ 평화박물관 선정 청소년 평화책

14. 발끝으로 서다 임정진 지음

베스트셀러「행복은 성적순이 아니잖아요」의 임정진 작가가 펴낸 청소년소설. 낯선 땅으로 홀로 유학을 떠난 주인공을 통해 조기 유학생활의 어려움과 외로움을 절절하게 그렸다.

★ 책따세 추천도서

15. 마지막 왕자 강숙인 지음

역사의 그늘에 가려져 있던 인물이자 신라의 마지막 왕인 경순왕의 아들 마의태자를 주인공으로 한 역사소설로, 그의 새로운 영웅적 면모를 보여 준다.

★〈중앙일보〉 좋은책 100선 선정도서   ★ 어린이도서연구회 청소년 권장도서

16. 초원의 별 강숙인 지음

마의태자를 주인공으로 한 『마지막 왕자』의 후속작. 사라져 버린 나라를 그리워하던 주인공 새부가 광활한 만주 대륙에서 아버지의 꿈을 이루는 과정을 흥미진진하게 그리고 있다.
★ 동화읽는가족 추천도서

18. 쥐를 잡자 임태희 지음

원치 않는 임신을 한 여고생의 이야기로 성에 대해 여전히 취약한 우리 청소년의 현실을 돌아보고 위험성을 인식하게 만든다. 동시에 대책 마련이 시급하다는 사실을 새삼 일깨운다.
★ 제4회 푸른문학상 수상작　★ 아침독서 청소년 추천도서　★ 어린이도서연구회 청소년 권장도서

19. 바람의 아이 한석청 지음

우리나라 아동청소년문학 최초로 발해를 소재로 한 장편역사소설. 고구려 멸망 뒤 옛 고구려 지역에 살던 이들의 비참한 삶과 나라를 되찾고자 하는 투쟁을 생생하게 그려 냈다.
★ 한우리독서토론논술 필독도서　★ 책읽는교육사회실천협의회 추천도서

21. 리남행 비행기 김현화 지음

봉수네 가족이 북한을 탈출해 리남행 비행기에 오르기까지의 여정이 긴장감 있게 그려져 있다. 온갖 역경 속에서도 인간애와 가족애를 잃지 않는 모습이 진한 감동을 선사한다.
★ 제5회 푸른문학상 수상작　★ 책따세 추천도서　★ 한국문화예술위원회 우수문학도서

22. 겨울, 블로그 강미 지음

자신만의 길을 찾아가는 청소년들이 종횡무진 활동하는 네 편의 작품을 담았다. 청소년들의 일상을 정확하고 섬세하게 묘사하여 그들이 나아갈 수 있는 길을 오롯이 보여 준다.
★ 문화체육관광부 우수교양도서　★ 아침독서 청소년 추천도서　★ 한국출판인회의 선정 이달의 책

23. 네가 하늘이다 이윤희 지음

1894년 동학 농민 운동을 배경으로 새로운 세상을 꿈꾸었지만 결국 이름조차 남기지 못하고 스러져 간 농민군의 이야기를 감동적으로 그려 낸 대하역사소설.
★ 아침독서 청소년 추천도서　★ 한국어린이문화대상 수상작

24. 벼랑 이금이 지음

원조 교제, 첫 키스, 협박, 폭력……. 거친 현실의 이면에 감춰진 청소년들의 내면을 섬세하게 다루고 있는 이금이 작가의 연작청소년소설.
★ 한국문화예술위원회 우수문학도서　★ 아침독서 청소년 추천도서　★ 네이버 북리펀드 선정도서

25. 뚜깐뎐 이용포 지음

서기 2044년, 한국에서 영어 공용화 법안이 통과된 뒤 영어가 일상어로 자리를 잡은 때와 한글이 박해를 받던 연산군 시절을 오가며 현대인들에게 진지한 성찰의 기회를 제공한다.
★ 아침독서 청소년 추천도서　★ 대한출판문화협회 올해의 청소년도서　★ 《중앙일보》 선정 이달의 책

26. 천년별곡 박윤규 지음

천 년의 시간을 애증과 그리움으로 버틴 주목나무의 이야기를 절제된 감성으로 그린 작품. 시 형식을 차용한 소설인 '시소설'이란 신선한 장르에 애절한 정서를 잘 녹여 냈다.
★ 한우리가 선정한 좋은 책

27. 지귀, 선덕 여왕을 꿈꾸다 강숙인 지음

지귀 설화 속에 숨어 있는 선덕 여왕 이야기를 담은 역사소설. 지귀와 선덕 여왕, 김춘추와 김유신 등 시대의 격량에 휘말린 이들의 삶과 사랑이 독자들의 가슴속에 파고든다.
★ 책따세 추천도서　★ 네이버 북리펀드 선정도서　★ 아침독서 청소년 추천도서

28. 청아 청아 예쁜 청아 강숙인 지음

〈심청전〉을 현대적으로 재해석한 소설. 새로운 시각의 심청과 서해 용왕 그리고 그의 아들을 등장시켜 '보이지 않는 사랑 이야기'를 통해 참다운 사랑의 의미를 되새기게 한다.
★ 한국출판인회의 선정 이달의 책 ★ 중앙독서교육 선정도서

30. 사라지지 않는 노래 배봉기 지음

세계적 미스터리의 하나인 이스터 섬 모아이 석상의 비밀을 소재로 인간의 파괴적 욕망과 그것을 극복했을 때 찾을 수 있는 평화를 보여 준다.
★ 문화체육관광부 우수교양도서 ★ 네이버 북리펀드 선정도서 ★ 국립어린이청소년도서관 추천도서

31. 김홍도, 조선을 그리다 박지숙 지음

김홍도의 그림을 통해 그의 삶을 다룬 연작으로, 작가 특유의 상상력과 깊이 있는 통찰력으로 '인간 김홍도'의 삶을 생생하게 되살려낸 본격 역사소설이다.
★ 문화체육관광부 우수교양도서 ★ 〈소년조선일보〉 추천도서 ★ 아침독서 청소년 추천도서

32. 새가 날아든다 강정규 지음

한국 전쟁을 직접 경험한 세대가 전쟁과 분단과 이산이라는 문제를 다른 시각에서 조명한 작품. 역사의 굴곡을 넘어 당대의 사람들이 더불어 살아가는 이야기를 일곱 편의 소설에 담았다.
★ 아침독서 청소년 추천도서

34. 밤나무정의 기판이 강정님 지음

1950년대를 배경으로 소년 기판이의 각별하고도 애틋한 성장과 모험과 죽음을 다룬 이야기. 작가 특유의 입담과 사투리에 실린 당시의 일상과 풍속이 눈앞에 생생하게 되살아난다.
★ 한국문화예술위원회 우수문학도서 ★ 대한출판문화협회 올해의 청소년도서 ★ 아침독서 청소년 추천도서

35. 스쿠터 걸 이은 지음

질풍노도의 시기인 청소년기의 한복판에 서 있는 열다섯 살 중학생들을 본격적으로 등장시킴으로써 중학생들의 삶을 밀도 있게 그려 낸 청소년소설집.
★ 한국간행물윤리위원회 우수청소년저작 당선작 ★ 학교도서관저널 추천도서

36. 우리 반 인터넷 소설가 이금이 지음

거짓이 휘두르는 보이지 않는 폭력에 '진실'이 어떻게 왜곡되고 유배되는지를 청소년들의 생생한 세태 묘사와 치밀한 구성을 바탕으로 보여 준다.
★ 네이버 북리펀드 선정도서 ★ 학교도서관저널 추천도서 ★ 국립어린이청소년도서관 추천도서

37. 열네 살, 비밀과 거짓말 김진영 지음

습관적인 도둑질에 빠져들면서 비밀과 거짓말이 늘어나게 된 평범한 열네 살 소녀 하리가 다시 삶의 진실을 찾아가는 성장소설.
★ 한국간행물윤리위원회 청소년 권장도서 ★ 문화체육관광부 우수교양도서

38. 허황옥, 가야를 품다 김정 지음

먼 바다를 건너 가야로 온 인도 아유타국 공주 허황옥의 삶을 조명하면서, 철을 바탕으로 국제 무역의 중심지로 자리했던 가야의 역사를 생생히 전하는 역사소설이다.
★ 학교도서관저널 추천도서 ★ 대한출판문화협회 올해의 청소년도서

40. 그래도 괜찮아 안오일 지음

현실의 부정과 좌절에 길항하는 청소년들의 고민을 진정성 있게 담아낸 청소년시집. 청소년들이 지닌 '생기'를 유감없이 보여 주며 긍정과 희망의 메시지를 전한다.
★ 한국간행물윤리위원회 우수청소년저작 당선작 ★ 한국문화예술위원회 우수문학도서

42. 조생의 사랑 김현화 지음

조선시대를 배경으로 청년 '조생'이 청나라에 파견되는 연행사로 길을 떠나 사랑과 우정, 정의, 신념 등 삶의 진리를 깨달아가는 과정을 그린 청소년 역사소설.
★ 서울시교육청 남산도서관 사서 추천도서 ★ 〈아침햇살〉 선정 좋은 청소년책

43. 아버지, 나의 아버지 최유정 지음

위탁가정에 맡겨진 열여섯 살 연수가 자신의 친아버지를 찾아 떠나는 여정을 통해 진정한 자아 정체성을 확립해 가는 과정을 밀도 있게 그렸다.
★ 한국문화예술위원회 우수문학도서 ★ 〈아침햇살〉 선정 좋은 청소년책

44. 타임 가디언 백은영 지음

타임 슬립이라는 장치를 통해 개인과 사회에서 일어나는 현실의 문제들을 조명하는 본격 청소년 SF소설. 시공간을 뛰어넘는 구성과 예측할 수 없는 독특한 상상력을 맛볼 수 있다.
★ 〈아침햇살〉 선정 좋은 청소년책

45. 분청, 꿈을 빚다 신현수 지음

고려 최고의 사기장의 아들인 강뫼가 왜구 침입과 왕조의 변혁 등 극한 시대 상황 속에서 분청사기를 만들기까지의 과정을 흡인력 있게 그린 역사소설.
★ 대한출판문화협회 올해의 청소년도서 ★ 아침독서 청소년 추천도서

47. 악어에게 물린 날 이장근 지음

현직 중학교 교사인 시인이 청소년과 함께 호흡하면서 체험한 담백하고 직설적인 언어가 공감을 불러온다. 청소년들 질풍노도가 마음껏 활개 칠 수 있도록 기운을 북돋는 청소년시집.
★ 책따세 추천도서 ★ 대한출판문화협회 올해의 청소년도서 ★ 어린이도서연구회 청소년 권장도서

48. 찢어, Jean 문부일 지음

아르바이트, 집단 따돌림 등 청소년들이 공감할 수 있는 일곱 편의 이야기가 담겼다. 현실에 갇혀 사는 청소년들의 일탈을 유쾌하면서도 진정성 있게 담았다.
★ 아침독서 청소년 추천도서 ★ 한국문화예술위원회 우수문학도서

50. 신기루 이금이 지음

엄마와 엄마 친구들과 함께 몽골 사막 여행을 떠난 열다섯 다인이가 보낸 6일간의 여정을 통해 또 다른 생명의 고리로 순환되는 모녀 관계에 대한 고찰을 여행기 형식으로 그렸다.
★ 네이버 북리펀드 선정도서 ★ 서울시립어린이도서관 추천도서 ★ 아침독서 청소년 추천도서

51. 우리들의 매미 같은 여름 한 결 지음

섭식장애를 앓고 있는 모녀, 성추행, 보이콧 등 청소년들이 겪는 지독하게 뜨겁고 아픈 이야기가 담겨 있다. 청소년들이 자신 그리고 세상과 화해하는 여정을 솔직담백하게 그렸다.
★ 한국문화예술위원회 우수문학도서 ★ 네이버 북리펀드 선정도서

52. 모래시계가 된 위안부 할머니 이규희 지음

일본군 위안부로 끌려가 꽃다운 처녀 시절을 유린당한 황금주 할머니의 실제 이야기를 김은비라는 소녀의 이야기와 엮어 액자 형식으로 쓴 소설로, 일본어로도 번역 출간되었다.
★ 국제펜문학상 수상작 ★ 학교도서관저널 추천도서 ★ 경기도교육청 추천도서

53. 까레이스키, 끝없는 방랑 문영숙 지음

소련의 강제 이주 정책으로 시베리아 횡단 열차를 탔던 17만여 명의 까레이스키들의 고난과 역경, 도전과 설움을 절절하게 그린 역사소설이다.
★ 한국문화예술위원회 우수문학도서 ★ 아침독서 청소년 추천도서 ★ 한우리가 선정한 좋은 책

54. 나는 랄라랜드로 간다 김영리 지음

기면증을 앓는 소녀와 그의 가족이 게스트하우스를 사수하기 위해 펼치는 소동을 재기 발랄하게 그렸다. 절망 속에서도 웃으며 싸울 줄 아는 청춘의 싱그러운 맨얼굴이 돋보인다.
★ 제10회 푸른문학상 수상작　★ 아침독서 청소년 추천도서　★ 한국문화예술위원회 우수문학도서

56. 눈썹 천주하 지음

암에 걸려 1년 4개월 동안 치료를 받던 열일곱 살 소녀가 일상으로 돌아온 뒤의 이야기를 담고 있다. 가족과 친구, 일상이 얼마나 가치 있는 것인지를 새삼 깨우쳐 준다.
★ 국립어린이청소년도서관 사서 추천도서　★ 한국문화예술위원회 우수문학도서　★ 아침독서 추천도서

57. 나는 지금 꽃이다 이장근 지음

청소년들의 삶을 제대로 들여다보고 마음을 헤아리는 시 창작 과정을 통해 나온 본격적인 청소년을 위한 시로, 삶이 점점 피폐해지고 있는 청소년들의 마음을 어루만져 준다.
★ 문화체육관광부 우수교양도서　★ 어린이도서연구회 청소년 권장도서　★ 학교도서관저널 추천도서

58. 우리들의 사춘기 김인해 지음

겉으로 잘 드러나지 않는 소년들의 감성을 날카롭게 포착하여 진술하고 강렬하게 그려낸 '소년들을 위한' 소설집. 표제작을 비롯한 여섯 편의 단편청소년소설을 담고 있다.
★ 국립어린이청소년도서관 사서 추천도서　★ 한국문화예술위원회 우수문학도서

59. 여우 소녀 미랑 김자환 지음

조선시대 임진왜란 발발 즈음의 여수 지방을 배경으로, 구미호에게 아버지를 잃은 묘남과 구미호의 딸 여우 소녀 미랑의 애틋한 사랑 이야기를 담고 있다.
★ 새벗문학상 수상작가

60. 얼음이 빛나는 순간 이금이 지음

아이와 어른의 경계에서 몸살을 앓던 두 소년이 5년 뒤 전혀 다른 풍경을 띠게 된 각자의 삶을 응시한다. 우연으로 시작해 선택으로 이루어지는 인생의 내밀한 진실을 담았다.
★ 윤석중문학상 수상작가　★ 학교도서관저널 추천도서

61. 택배 왔습니다 심은경 지음

질풍노도를 겪는 청소년과 그의 가족, 친구, 사회의 풍경을 그린 여섯 편의 단편청소년소설. 건강하게 자립하고 따뜻하게 소통할 줄 아는 인물들의 모습에서 희망을 엿볼 수 있다.
★ 한국문화예술위원회 우수문학도서　★ 학교도서관저널 추천도서　★ 아침독서 청소년 추천도서

63. 나에게 속삭여 봐 강숙인 지음

어느 날 갑자기 죽음을 맞이한 열일곱 살 소년 서준과 혼령의 기를 느끼는 소녀 아리 그리고 서준의 쌍둥이 여동생 유주가 각자의 방법으로 성장해 나가는 청소년 판타지소설.
★ 윤석중문학상 수상작가　★ 학교도서관저널 추천도서

64. 아버지의 알통 박형권 지음

촌스러운 아빠와 바닷가 마을에 살게 되면서 정직하게 일하는 사람들을 만나며 한층 성장해 가는 주인공의 이야기가 유쾌한 감동을 선사한다.
★ 한국안데르센상 수상작가

65. 나는 나다 안오일 지음

청소년들에게 자신의 꿈이 무엇인지 알게 해 주어 스스로 자신의 삶에 당당하게 맞서는 모습을 보고 싶다는 작가의 바람을 담은 청소년시 57편이 실려 있다.
★ 제8회 푸른문학상 수상작가

66. 순희네 집 유순희 지음

순희네 집에 얽힌 가슴 아프지만 따뜻한 이야기와 성장통을 겪는 순희의 모습을 작가 특유의 섬세한 문장 안에 담아낸 자전적 소설이다.
★제14회 MBC 창작동화대상 수상작 ★제8회 푸른문학상 수상작가 ★한국출판문화산업진흥원 선정 세종도서

67. 첫 키스는 엘프와 최영희 지음

제11회 푸른문학상 수상작가의 첫 청소년소설집으로, 미래에 대한 압박감에 갇혀 십 대 시절을 보내는 오늘의 청소년들에게 부치는 편지 같은 소설 여섯 편을 묶었다.
★제11회 푸른문학상 수상작가 ★아침독서 청소년 추천도서 ★어린이도서연구회 청소년 권장도서

71. 우리는 가족일까 유니게 지음

5년 만에 엄마의 부고와 함께 미국에서 돌아온 동생으로 인해 방황하는 열일곱 살 소녀의 성장기를 그렸다. 고통스러운 시간을 함께 이겨 내는 가족의 소중함을 다시금 일깨워 준다.
★한국출판문화산업진흥원 선정 세종도서 ★서울시교육청 어린이도서관 청소년 권장도서

73. 신라 공주 파라랑 김 정 지음

고대 페르시아 서사시「쿠쉬나메」의 시공간을 배경으로 한 역사소설. 낯선 이국 땅 페르시아로 건너가 사랑으로 고난을 극복하는 신라 공주 파라랑의 삶은 희망이라는 인간 본연의 메시지를 전한다.
★제1회 푸른문학상 수상작가 ★학교도서관저널 추천도서

74. 옥상에서 10분만 조규미 지음

제10회 푸른문학상 수상작가의 첫 청소년소설집으로, 관계 속에서 사소한 말이나 장난이 큰 사건이 되어 돌아왔을 때 겪게 되는 고민과 갈등을 섬세하게 다룬 소설 다섯 편을 묶었다.
★제10회 푸른문학상 수상작가 ★아침독서 청소년 추천도서 ★학교도서관사서협의회 추천도서

75. 별에서 별까지 신형건 지음

지난 30여 년간 아이들과 어른들 모두에게 사랑받는 동시를 써 온 시인의 작품 중 특별히 청소년들에게 공감을 살 만한 시들을 골라 엮었다. 자극적이지 않은 언어로 마음을 어루만지는 청소년시집.
★대한민국문학상 수상작가 ★한국출판문화산업진흥원 청소년 권장도서

76. 뱅뱅 김선경 지음

어른들은 몰라서 더 재미있는 진짜 우리 이야기, 지금 청소년들의 속마음을 거침없이 그려 낸 개성 강한 청소년시집. 긴 방황의 끝에서 진정한 자신을 찾기를 바라는 시인의 바람이 담겼다.
★어린이도서연구회 청소년 권장도서 ★아침독서 청소년 추천도서 ★학교도서관사서협의회 추천도서

77. 우리들의 실연 상담실 이수종 지음

실연 극복 프로젝트에 참가하는 다섯 명의 아이들이 서로를 보듬으며 사랑의 아픔을 극복하는 과정을 담았다. 청소년들의 마음결을 다독이는 위로의 목소리는 다시 사랑할 에너지를 불어넣는다.
★제12회 푸른문학상 수상작가 ★학교도서관사서협의회 추천도서

78. 연애 세포 핵분열 중 김은재 지음

꽃보다 아름다운 열일곱 살 청춘들이 진정한 사랑을 찾기 위해 나섰다. 아름다운 사랑을 꿈꾸지만, 사랑에 서툴러 좌충우돌, 고군분투하는 청소년들의 성장을 그린 여섯 편의 청소년소설을 한데 엮었다.
★제13회 푸른문학상 수상작가 ★학교도서관저널 추천도서 ★아침독서 청소년 추천도서

79. 데이트하자! 진 희 지음

옴니버스 형식으로 구성된 다섯 편의 단편으로 이야기의 구조적 완결성과 섬세한 심리 묘사가 뛰어나다. 청소년 특유의 발랄한 일상과 그 안에 깃든 고민, 성장통을 따뜻한 시선으로 담아냈다.
★제13회 푸른문학상 수상작가 ★학교도서관저널 추천도서 ★울산남부도서관 올해의 책

80. 세 번의 키스 유순희 지음

현대 미디어의 중심이 된 '아이돌'과 그들의 일거수일투족을 놓치지 않으려는 '사생팬'의 심리를 날카롭게 포착했다. 언제든 다시 출발선에 설 수 있는 청춘의 무한한 가능성을 깨닫게 한다.

★제8회 푸른문학상 수상작가 ★국어 교과서 수록작가

81. 파란 담요 김정미 지음

「스키니진 길들이기」로 제12회 푸른문학상 '새로운 작가상'을 수상하며 깊은 인상을 남겼던 김정미 작가의 첫 청소년소설집. 청소년들의 다양한 고민들을 폭넓게 아우른 여섯 편의 소설이 그들의 상처입은 마음을 따스하게 위로한다.

★한국문화예술위원회 문학나눔 선정도서 ★학교도서관저널 추천도서 ★학교도서관사서협의회 추천도서

82. 그 애를 만나다 유니게 지음

완벽하다고 믿었던 일상이 한순간에 무너진 순간, '그 애'가 나타난다. 그 애와 함께하는 동안 자신이 진정으로 바라는 모습이 무엇인지 고민하며, 절망을 희망으로 바꾸어 나가는 주인공의 성장기가 진한 감동을 선사한다.

★아침독서 청소년 추천도서 ★학교도서관저널 추천도서 ★학교도서관사서협의회 추천도서

83. 너를 읽는 순간 진 희 지음

바쁜 현대의 삶 속에서 따뜻하게 보살핌받지 못하는 우리 청소년들의 아픔과 외로움을 고스란히 담았다. 주인공 '영서'를 향한 다섯 인물들의 연민과 동정, 질투나 죄책감 같은 본연의 감정들이 엇갈리듯 그려진다.

★한국문화예술위원회 문학나눔 선정도서 ★대한출판문화협회 해외전파사업 선정도서

84. 기린이 사는 골목 김현화 지음

타인의 고통에 둔감한 현대인들의 마음속 순수의 세계를 밝혀 줄 이야기. 아픔과 슬픔을 공유하고 건강한 성장통을 앓는 열다섯 살 선웅, 은형, 기수의 가슴 따뜻한 이야기가 펼쳐진다.

★제5회 푸른문학상 수상작가 ★아침독서 청소년 추천도서

85. 불량한 주스 가게 유하순 지음

엉뚱하고 변덕스러운 에너지가 넘치는 청소년들의 '오늘'을 포착했다. 무한대로 확장될 수 있는 경이로운 이야기를 품은 청소년들을 응원하게 만드는 다섯 편의 단편소설 모음.

★제9회 푸른문학상 수상작 수록

86. 내 안의 안 이근정 지음

이해와 비난을 동시에 받는 나이인 청소년들의 내밀한 감정을 사려 깊은 시선으로 바라보고, 매번 다른 온도로 나타나는 마음을 세밀하게 그려냈다. 청소년들의 마음을 응원하는 온기가 담뿍 담겨 있다.

★한국안데르센상 수상작가

*〈푸른도서관〉 시리즈는 계속 나옵니다!